琊诗派

第二辑

李少君 陈作涛 主编

中国文联出版社

落日报告

张朝贝

著

作者简介

张朝贝

1992 年生于河北邢台。
毕业于武汉大学哲学学院，
获哲学、心理学双学位。
2012 年底开始写诗，
与友人共同发起哈哈诗歌奖。
当代艺术媒体从业者。

目录

3. 钝角集（2016—2017）

4. 山河史（2017）

5. 匀速下滑（2018）

6. 己亥杂诗（2019）

7. 不沾弦（2020—2021）

1.

引产术
2014—2015

引产术

一

七点钟，汽车车灯和语言
分别开始切割清晨的雾气和这个世界
蜘蛛陷入自己的螺旋网中
而横丝是没有黏性的。变速线
发出异响，山地车由于重新拆装的缘故
前轮右侧的刹碟蹭碟

生理学家说：爱情会伤害枕叶
引产早年死于头骨中的狂热
而精神上的引产都是反逻辑的。盗窃庙产的人
洗心革面。因为阑尾手术，眼睛
比枯水期的河流更干枯

昨夜醉酒的呕吐物被反复碾轧
消失如细雨渗入厚棉布
新唱片的发货日期一再推迟。五月中旬
我被盖上邮戳，落力尖叫一声
便迅速被投入邮筒

二

叫不醒楼道的灯：声光控开关必须同时满足

声和光两个条件。在武汉必须随时警惕
贸然造访的夏天和雨天

而此刻尚缺乏适当的黑暗

白天和夜晚的语词混乱，容易招致
烧烤摊主之间的口水争辩：
到处都有烤鱼和啤酒；谁的啤酒沫
呛醉了整条广八路？
到处都有过街天桥，防空隧道
只有一条。"躲雨的人都是愚蠢的人！"
而聪明人中了自己的诡计

你酒醒于一场阔别已久的混沌
并在足月时破解了羊水
重新钻出母亲那条锈迹斑斑的产道

2014 年 5 月　武汉

京畿坦途

一

到处都是汽车旅店和物流公司，大街上
西风罡罡，旧报纸和公车发票
父亲裹挟着外面的风沙和咳嗽声推开房门
春天里母亲依旧沙哑着嗓子
墙根儿的残雪在灯下打着年前的瞌睡

眼疾反复无常，只能紧闭眼皮澄清
颜色和光线。世界忽明忽暗
我的喜恶分明如一条垂直地带性分布的裙子

二

可是冬青树似乎只适合被修剪成矩形
绿色的防护栏无法防护被盗伐的树林
那群人又来过了——
唯一的办法是拿出锯条和他们比赛拉锯
锯下我的十二岁和小学四年级
在父亲的道义面前，我的法律往往失效

高速公路仍在远处奔驰，收费站
能否像郎飞结一样加快传递北国的病痛
为母亲运送几筐多汁的水果来

三

恰如一只上好发条的时钟，严重的时刻
到了。雪急得像内急，冬眠的祖先
已经饥饿了多年，而祭品则分到了贪嘴的
孩子手里，吃下一整年的风调雨顺
慢性疼痛俱乐部。我没有
更陈旧的故事用来陈述和交换
除了你久久的依靠

也许还会有另一场雪，下在
同学聚会的前一天晚上。还会有
另一个陌生人死于立春的清晨
还会遭遇另一场感情
还会告别另一片湖水

四

早晚会迎来干热的春天，早晚会有
焚风效应。早晚沙尘暴会由强到弱再到没有
在恰当的季节，我被重新种下
有些痛苦适合放大，有些则不
但父亲那辆唯一的坐骑，就连车辙印
也比我沧桑二十二年

雾和霾和雪和寒潮摧毁了多少人的夜晚
回家的平交路口。所谓京畿坦途上的文明规则
简单来讲，不过是你退我进

2014 年 5 月　武汉

寻鱼
——记第 N 次环骑东湖

落日报告
引产术 2014—2015

昨夜东湖掀着风掀着浪掀着鱼拍打在岸上
寻鱼的人手里拿着竹竿和手电筒，打捞鱼和鱼的情绪
我死去。并不能说，水腥得像剜出并交付的心肝
没有证据证明它们是被闷死的还是淹死的
没有吐舌头和翻白眼的，骨头可以用来熬汤

蚊虫密度大过空气。死水池塘营养过剩，但并没有鱼
过于空旷的大段留白，过于潮湿的寄居生活
接连着曾是坟地的荒野，我们拔下草根并吮吸
它是甜的。爱情的宣言：坦诚
剥光衣服再剥去皮肤，我们吃彼此的舌头，腥的

我们在城市的膈肌上奔跑，呼吸和通灵
张开着嘴。消失的鱼群：一些在交配，一些被嚼碎

2014 年 6 月　武汉

在海南

过海至少需要在闷热中交谈三个小时
有过三段感情经历，挂过三门课，去过三个省份
最后都被到站的暴雨打断

要路过开花的凤凰木，戴笠的女人
排队购买无发票政治
手工编织的遮阳帽和传说都不能讨价还价

看海首先应该相互填满对方的酒窝
行李最重的人打前
要记得冲淡和末班返程车的发车时间

不一定要将目光指向风景
但一定有晒伤更加严重的异乡游客
那满街的榕树根正严丝合缝地扎进他心里

2014 年 6 月　三亚

故乡一种

距离屠界线 20 公里。朱成河
嵌入地面，一万条汇入湖泊的路径
1% 的概率会浸湿村尾祠堂的族谱

八月，洪泽湖开始变瘦
层层的渔网给河道打上一个个死结
上游的鱼儿只够繁衍一个夏天

2014 年 8 月　林柴场

东湖

入夜后，低温深入东湖内部
环湖路上的车辆和低徊觅食的蝙蝠一串串的
正向着不可知的远方隐去
鸿雁不来，谁会站在高处晒星星晒月亮？
失去入口的栈桥，时刻暗示着我：
匮乏，如同唯一的真理

可是道旁的水杉池杉依然并排立着，静默得
似乎从不关心，从不仇恨
湖风一阵阵地吹来，皱巴巴的湖面镀上了一层
哆哆嗦嗦的月光。磨山也如失重一般
摇晃不已，下一秒就要坠入睡眠

景物忽然生动起来，我的世界观开始松弛
失之东隅，收之桑榆——
枝寒雀静的时刻，这新鲜的夜晚终于拥紧了我

2014 年 10 月　武汉

童年的事
——给父亲

落日报告
引产术 2014—2015

父亲，我今天又一个人坐公交车
去实习公司上班。路过二十一个公交站牌
和无数张陌生的脸。
每天早上他们都试图远离我，
却又不走开，站在不远不近处观望着。
每天早上那些站名都要一遍遍地
大声朗读并背诵我。

父亲，我终于下定了决心，把那些雨点和雷声
都一并回绝了。我看见广场上有人放风筝，
这粗糙的象征，轻易地挑破了我的言外之意。

我听见有声音从遥远处呼唤我，
它浑厚得像母亲刚刚剁过肉的案板。
故乡此刻恐怕又到了冬天吧，
我这一觉醒来得太晚了吗？

如果有可能，我很想和它叙叙旧，
说一说小时候离家出走时常爬的那棵老槐树，
我曾无数次大意地把午睡落在了上面
父亲，我想它应该找个时间还给我

虽然我知道它未必还记得我。

大雁悬在这异乡的天空，排队等着春天。

2014 年 10 月　武汉

开采光阴的人

那条阴郁的巷子里住着一个阴郁的人，
他那阴郁的院子里堆满了阴郁的垃圾。
在每一个盛大的节日里人们烧香，
并庆祝分娩与新生，并哀悼衰老与死亡；
在每一个盛大的节日里他经营烟花的尸体，
并收集被消耗过的贺词和悼词；
那些尸体堆满了他逼仄的院子：
老人的，小孩的——他熟视无睹。

他搬来梯子钻进窖子，把安全越冬的
红薯捞起来，煮上一锅热粥。
可是成为一个舅舅并不需要任何努力。
五十岁娶妻生子，他从不爱讲话变得
不再讲话。他见识过一些亮化工程的秘密，
很快便看穿了新年所有的把戏。
于是月亮决心暗下来，星空也都惭愧得
一盏一盏地灭掉。多年来
他不遗余力地开采着村庄的光阴。
我们所说的另一个世界，不过是他的
另一个地方

破布条正在院子里的桃树枝上跳舞

周年

一

我再次见到那些芦苇的时候
它们正在和丰水期的长江相恋
我日复一日地排队挤公交
日复一日地积累经验
却并不足以解决生活中的所有问题

我发现风中的烟柱越来越柔软
弯腰亲吻低矮的楼房
才想起当日拜托过它们烧掉的书信
我开始无休止地做梦
并频繁地在交谈中使用句号

二

我梦见一棵银杏沮丧地朝我走来
将它攒了整整一年的问题
告诉我——
"那些爬山虎已经学会了跟墙头相处，
而我还没有学会武汉的方言。"

它急切地想要知道
该如何将满身的深秋的秘密

藏在崭绿的樟树里

该如何惭愧地掩饰自己的落叶

"我从未注意过十一月，
可是冬天还是要来临。"

2014 年 11 月　武汉

此刻，华北平原

此刻，华北平原的夜晚和雾霾逐渐收拢，
我终于可以站在落叶林里给你打电话。

趁着天黑，趁着月亮还没有出升，
我要把玉米里可爱的虫子们

和院子里的鸡鸣狗吠都悄悄告诉你，
然后又犹豫着将它们一一收回。

我无法将所有的心事全说出口，
因为白杨树总是睁大着眼睛。

是的，我敏感而又多情，时常觉得痛苦。
我也明白不是所有的夜晚都适合赶路，

不然，跨年夜的火车站
就不会有那么多无家可归的旅人。

后退，后退，后退……
我一脚陷入柔软的麸皮之中。

2015 年 1 月　邢台

瓮中

我总是在冬天想起一口瓮

趴在瓮口朝里面望去

咸水会慢慢吃掉积雪

母亲用木铲捞腌菜的时候

父亲正把温暖的皮毛从野兔身上剥下

各自揭露着那些冷如一场雪的悲伤

我知道我一直生活在瓮中

那是一口实实在在的瓮

我能准确地猜到它

每一道璺痕的来由

每一块盐渍的年龄

但抬头时，总望不清瓮口的过客

和他们脸上的表情

2015 年 2 月　上海

湖边散步

我独自来到湖边散步
清晨的东湖轮廓清晰而寂静
路灯熄灭后，天色尚暗
像极了你窗外那些多雨的夜晚
和雨水中花枝乱颤的春天

一个人影走过湖岸
早春的晨雾湿润起来了

我无心理会同一个小摊上
北方鸡蛋灌饼和广东肠粉之争
如同并不介意一张煎饼
被烤糊的边缘
——我晓得那种焦而嫩的心情
但你却把它们拒之门外
并光明磊落地说不爱我的话

你的黑暗比我想象中的更暗
而你的光明无比虔诚

2015 年 3 月　武汉

2.

丰水期
2015

雷电风雨夜

"炸了！"屋外的第一声响雷咆哮而来，
他说：仿佛一根二踢脚。
雨水随后从天际和下水道同时涌出，
铺成一条条平坦的新河流。
我竭力按住内心那些急切的水，
它们一次次地翻涌，一次次地想要汇入

年轻的河流。它们绕过伞面，绕过
拐弯的三岔路口，打湿那不可原谅的
手提袋和正在发生的告别。
终于，第二声雷在我的内心和外界的
皮肤上炸开了一个出口。新伤旧患——
这疼痛真实得像是无病呻吟。

我松开手来。过去的那些夏天也常有
下暴雨的夜晚，常常可以看见有人在河里
学习游泳。如今已是第四年了，他说：
不懂水性的人不适宜长久地沉溺于往事。

此刻伞外的雨点更大了，淹没了一米之外
一切有声音的事物。"炸了——"
唯有这一声雷属于未来。所以我再一次

迫切地敲你的门，迫切地来告诉你

整个夜晚的雷电和我多像一个闯入者。

2015 年 4 月　武汉

春逝

落日报告
丰水期 2015

最后一轮雨水停歇，春天的浓荫更深了

在春天逝去的诸多景物中，
唯有樟树的落叶能够引起她的注意。
昨夜，我颇有兴致地问起她
是否还记得武汉连绵的低山和湖水，她侧着头
拒绝回答。婚后，她对语言和往事的克制
俨然一个清教徒。这种仪式
往往能够持续半日之久。
早晨，坐在阳台上无动于衷地欣赏雨后的池塘。
我发现恶的松针，正一根根无声地刺入她的侧脸
和额头，刺入她交叠着置于腹上的双手。
这显然并不是昨天才开始的事情，
而她的眼睛紧盯着池塘落叶的波纹："像年轮。"
她口中的年轮随即便以惊人的速度一圈圈地漾开。
昨夜的明月仍挂在樟树的嫩叶上，
在她手掌的反复揉搓中蜕了一层旧皮。到月底，
已经十分瘦了。她比我更懂那些青山和红日

2015 年 4 月　武汉

春日即事

凌晨两点钟，我出门去街上觅食
便利店老板一人充当了收银员、摆货员
和他自己三种角色。
他先是接去我手中的购物筐
接着又熟练地将电脑上聊天的对话框拉扁
给我结账。但我仍然能够瞥见
那个对话框里他正在熟练地运用
QQ 表情，并确信他是一个融贯论者。
于是无数个他开始陆续出现。掷果盈车的他、
两面三刀的他、对感情永不餍足的他
都和眼前给我结账的人重合。
我多么怀念那些他啊，我们曾经相互耕耘
相互灌溉，至今没有任何收成。只有
一句"欢迎光临——"
便利店的门打开，又闸上
暖融融的春日立刻将我重新包围住。"不过是
从一个怀抱撞入另一个怀抱罢了。"
这夜晚给人的安慰亲切如一个陌生人

2015 年 4 月　武汉

在江边

唯有从内地来的，到如今才见到长江 *

骑过斑马就到了。四月份的下午我们来到江边，
丰水期的长江正垂直吞食着两岸，江滩公园
比去年秋天更加平坦，江堤上芦苇刚刚冒出叶尖。
江水年复一年地溶入铁皮船的锈迹，
已变得混浊。我能亲手摸摸这条江水吗？
多年来，所有破碎的石头和垃圾和历史传说都一并排入
长江内部。一到这季节，它们就无组织无纪律地
重新堆积在岸边。到如今，"恰好够我们打一个下午
　的水漂"。
如果不够，还可以把狗叫声学得更像一些，还可以
互相斟饮，各自干掉内心那些壮志未酬的江水。
最后我们谈论起结局，谈论起暮色如何从樟树的叶缝
　间降落
并将我们从头到脚地抹去。告别开始发生 **

* 化自朱湘《雨》："唯有从内地来的，到如今才看见虹。"

** 化自叶飙《一天》："告别已经发生。"

2015 年 4 月　武汉

湖滨往事

一

天越晴，湖水的蓝就越深不可测。

二

此刻，栈桥下煮沸的湖水正奔腾不已
到湖边来，要让更多的人摸到东湖的胸口
敞开的入口要重新闭合。湖风再大些
一件衬衫不足以抵挡往事的沦丧。*

三

夏蚊成雷。换季总是来得猝不及防
剥去旧的衣衫，我们未曾谋面的肉欲
令彼此感到惊讶和陌生。

正如曾经一样，正如曾经，憾事一样发生
我们相爱的一半时间都用在了讨论

如何相爱。

四

从沙湾村到东湖村，早晨的湖水复制着
沿岸的风景。而我们已不再参与。

所以，最后一遍，我请求你收回那片湖水
它们过于潮湿，令我的内心锈得过快。

五

就这样吧。我也无法说清过去的
爱情：它不该被描述，不该有任何颜色

我的身体也许比内心更容易生锈呢

* 化自海女《新婚》："适当的黑暗 / 恰能承受往事沦丧。"

2015 年 5 月　武汉

防空洞

他终于尝试着走出房间。
没有人喜欢这样的阴天：过了保质期的夏天。
防空洞像极了一条得了中耳炎的油腻的耳道，
雾和霉一夜之间便灌满了它。
爬山虎疯长，而世界的密度则比这小得多，
直至它们坍缩于玻璃窗上的一滴水珠。

多亏了电话提醒，他才想起来
和一个实用主义者交换生日礼物的事宜。
归途中尽是滴水的树林，
它们作为一个完整的系统纷纷展现自我。
可是所有的菌类里他最不喜欢蘑菇，
竹笋也都该太老了。

他将这些天的雨水打印在一沓 A4 大小的纸上。

2015 年 6 月　武汉

在东湖
——给 L&Y

过去失去的会在未来重新失去

傍晚，我们结伴加入蝙蝠喂养湖边的夜色。
作为与游客垂直的群体，我们占据了

栈桥上最佳拍照地点，并以平行的体位喝风饮酒。
仍忍不住抱怨百威太苦，抱怨："恋爱像真理，

亦像谬误。"我们陆续充当了噪音源和消音海绵，
远处的湖水静止可仍有凶猛的样子。

所以要不顾羞耻地大声喊出来：快点爱我！
不然这东湖随时可能和衣睡去。

2015 年 6 月　武汉

广八路

从天桥上下来，便进入广八路。*
路旁小店传来卤藕卤毛豆禁忌的香，
煤气灶的管子根根喷火作响如同在吵架。
我们像对方辩手一样相对而坐，
但不争辩什么。气氛有着不合时宜的静，
我们也是，并在这样的静里变饿。

关照过盘子里的每一片洋葱，
短消息一条条无声地跳入黏稠的糊米酒。
或许我不该提醒你，适当的保留
令人感到安全。就如这墙上
虚假的气球，它们作为店内的装饰物
不可戳破。"矛盾来自沟通，亦来自不沟通。"

在幻想里过上一阵子：像过去那样松，
像未来那样紧，也可以像现在这样静。但
我们终究会再次回到枫园，回到
那些与蛞蝓共浴的日子，再次遇到红色的蜘蛛
与蓝色的酒精，这色度之差有着将万物
一分为二的力量。

我也难说自己是否会为此流泪，

那压箱底的往事正在压弯我。

* 化自苏画天《夜游》:"从天桥上下来 / 我们便进入这城市。"

2015 年 6 月　武汉

沙湖大桥
——给仁浩

从三环回枫园的这段路
有时会不可避免地经过东湖
我们走在环湖路上
远离东湖的一侧，另一侧的
湖面在我反复的摇晃中
硬生生地升高了一米
有时会不可避免地谈起它的大
它可以容纳你我，容纳月亮
容纳远处磨山的倒影
但这低速的风总会让我怀念
那天夜晚我们骑车经过的沙湖大桥
那桥真长啊。就像东湖容纳你我
容纳月亮和磨山的倒影一样
它容纳着车辆、夜钓者
和这城市里的火炉体质群体
我们沿着指往徐东方向的白色箭头
从坡面的最高处，向下回落
杨树叶子在耳边哗啦啦地
违禁般作响，像做爱

2015 年 6 月　武汉

扬波门
——给述川

环湖路上 Radio 酒吧的人群还未散去，我们
又从扬波路走回枫园。外教宿舍
门口生锈的自行车锁得像往事一样牢。

在心中指认路过的每一种植物。有时候
需要一只猫来挠破樟树稠密的阴影，
有时候东方的天空会出现闪电，并没有雷声。

2015 年 6 月　武汉

赠别二首：站台的对立面

其一　汉口站送大脸之扬州

临别前这些天，武汉总是闷热的天气
雨水在夏日的云朵里引而不发。
忧愁从月亮中渗出来。表演型人格障碍者
活跃期：醉酒者，呕吐物，决堤的

朋友圈。最后一次我们坐在快餐店
坨坨熟悉的灯光中，看见新鲜的面孔涌入。
过去那些寻常的事情如今也一样发生：
就好像任何一次我送你到湖三楼下

任何一次我们在栈桥上对湖吹风。
他们也会像我们一样爱一样恨一样遗憾
最后像我们一样在汉口站告别，目送彼此
头也不回地挤入各自生活的洪流。

其二　虹桥送郑桥之深圳

其实我并不熟悉对流雨是如何产生的。
当我们还在讨论 909 路公交车上的报站方言，
暴雨早已落至站台。必须承认它极像是
武汉天气的一次临展。后来我们见过
足够多的城市的地砖花纹，却并不常谈起

武汉。在这样的雨天打湿过无数次的鞋子，
也无非是扭脚与不扭脚的关系。

其实我并非情愿独自站在站台的对立面。
空气里的蝉鸣像平日一样刹住了正午的行云，
你只身大步走进安检口，而我作为送行者
必须转身走回地铁站以完成这次告别。
我无法说清那天下午的云彩是如何消失的，
一个独自在站台对立面久站多年的人
正被一种无法说清的东西击溃。

2015 年 6—7 月　武汉、上海

诸家宅

那扇紧闭的门终于开了。她搬来
一张矮小的凳子，寂静地坐在门口
等锅里的米蒸熟，像等待
一段不适应生产力的关系的结束。
她全程不说话，不谈论雨，不介意
作为这城市胎记的一部分活着。

但是她一定也曾在心里暗自抱怨过
诸家宅连日来的雨水，它们
有时是圆形的，有时是方形的。
或许等砍伐完它所有多余的形态，就能
继续着手相爱了。她端起锅
走回那深邃的屋内，并重新将门掩上。

房檐下的电表在走，燕子还未回巢，
又是一个阴郁的天气。雨落下来，在诸家宅
多少人以试误的方式过完了一生。

2015 年 9 月　上海

松陵镇

从我们的窗户可以看到半个黄昏，晚饭后
常常会在那儿神游两个小时。有时也可以看海，
而大多数喜欢海的人，不过是喜欢它
暖而薄的边缘。我们在粼粼的光中相拥，
埋藏下那些无籽无核的海风，它们从过去到现在
都长久地存在，却并不表达不朽。
有时我也会独自一个人去埋：在空旷无人的岸，
一只鹤走向鹤群，走向一片指定的荒芜。
当我醒来，窗外的双向六车道马路宽得
有点儿傻。路上的车辆极少，像是
小便池里寥寥几根脱落的阴毛。做完清洁，
我还要去买菜。人们无法在弓弦下无畏地相爱，
无法生活在此刻。可是几日前的低温催开了
小区里一部分桂花。傍晚下班，我途经它们时，
那种香味被逐渐敲进我的肉体。一旦点燃星光，
整夜的月光和那仅剩的半轮月亮我也可以爱。
告别过去。最好的生活在会员卡里，
其次在电费单上。*

*化自曹圆《流动的飨宴》："最好生活在至美想象之中，其次生活在如鱼得水之外。"

2015 年 9 月　苏州

在火车上
——给壮壮

从石家庄爬往太原的火车，
要结结巴巴地穿过无数个山洞。

窗外那些我不曾见过的沟沟壑壑，
就像一段段裸露的陌生的牙龈。

我记得几年前你也是坐硬座火车到武汉看我，
想必那时我们之间便是这样隔着山隔着水。

长途火车令人感到牙疼，
可我们仍要不停地赶路，不停地往上爬

我们一不小心就会从这荒凉的斜坡上
一路滑下去。

2015 年 9 月　太原

秋雨记事

外面的天阴了。街上的雾气浓重。
我想骑着那辆旧自行车出门，从村东头骑到村西头，
在天黑之前回家，告诉你今年的雨与往年的有什么区别。

还记得我们是如何应对暴雨的吗？
你爬上高处把提前成熟的柿子摘下，以免它们被暴雨
　吃掉。
那么多的雨水，像是一整年的节候的总结。

那些桥也都更像桥。两侧的最后一拨红色夹竹桃宣布：
我总能看到更多的群树落叶。

如今夜色奔涌。看不见窗外的河流东下。
人们自顾自地生活，直至消失。再等些时候，
让这迟钝的暮色，连我们微不足道的阴影也一并收割去。

我们的谈话陷入低潮。我多么热爱这种低潮啊——
我们沉默着，年复一年地将秋天一层层剥开
又一麻袋一麻袋地背上屋顶。

2015 年 9 月　邢台

故地

这个时刻的洪山广场我从未见过：
清晨的雾气未散，地铁口未开，
卷帘门咬紧了我拉链上的每一颗牙齿。
我模仿着那些即将远行的人
裹紧了内心。这些年河水发亮，
事物按着其固有的规律
呈现：分不清性别的雨水，新增的牌坊，
丰水期。诸此种种，我原本不敢一一说出。
当它们先后挤入我的内心，太多的事物
被轻易地张冠李戴，像是消失的天桥啊，
九区居民楼的讣告啊，街心的白栅栏……
我们茫然地争论，它们理所当然的模样，
直至沉默，直至被这沉默一遍遍拧干。
你还能说山和水从未远去吗？
终于，睡沉沉的武汉被电车的尖叫声蜇醒，
湖光浑浊，淹没我们湿漉漉的悲欢离合。

2015 年 10 月　武汉

为跑步路过的乌桕树而作

落日报告
丰水期 2015

一

拨开房间里的蛛网
我一口气跑到太湖边上

长椅上的一对情侣亲吻着
夜晚：苦，微温

二

湿漉漉的。树木葱茏
没有秋天的样子

我开始探索这些植物：乌桕树
鸡爪槭、红花檵木和无患子

三

我确认这是一片陌生的乌桕树
鸡爪槭、红花檵木和无患子

并决定抄近路返回。我惊讶
它们看到了我无比疲倦的内心

2015 年 10 月　苏州

看河

再没有更多的前路了，
他们决定往回走。车开得极慢，
恰能抖落烟灰上的倦意。为了去看河，
他们犹豫了一整个夏天。

这是他们最后一次探索对方，
最后一次秘密地陈列那些过去的柔情。
到处都是熟悉的植物，他们接吻
直至彼此流出了黏稠的依恋。

四季注入河水的经脉，他们争吵
多年来，他们按照定义相爱，
拥有适度的理想，立志做一个中产阶级；
多年来，他们爱对的事，也爱错的事。

他们争吵，为的是那个失去的
无色无味的夏天。那时，他们第一次
将自己所有的器官都摆了出来。
多少人修得了栈道却过不了河。

2015 年 12 月　苏州

3.

钝角集
2016—2017

三山岛

下午出门时，岛上正有细雨落下。
环岛路上的耐寒植物，密切地注视着
山头橘树的茂盛的乳汁。它们膨胀的内心
已被乌云蒙上一层灰冷的滤镜，
仍然困惑地保持着生长。参观过
禅院、古井，没有明显岸边的湖岸
有细小的浪潮涌来。那浪花打湿了
石头上枯萎的苔藓和一公里外
陈列馆的闭馆公告。我们就跑到山顶
绘一张近处水渚的俯瞰图，
并等待被那轮未出升的月亮放牧。
哦，多么陡峭和冰冷的月光！尽管如此，
我想我们都无法拒绝它软而密的爱意。

2016 年 2 月　苏州

来访者

我在房间里填写计划表的时候
友人带着江边折来的梅花
身上吸饱了江风。我一时
未能从这恍然的日子中抽离。
我一连数月不与人来往
不开窗户也不写作。每当
我在超市里挑选砧板的时候
上班路上的河水结上薄冰的时候
故地的雪第一次覆在异乡的时候
那长江的涨落，与我疲倦的铁石心肠
已越来越远。如今久别经年
我再一次闻见那梅花。

2016 年 2 月　苏州

试探之雪

在寒风挖出更多的洞之前，
我混入参加商场换购活动的人群。
货架上过于逼真的绿色盆栽，
已被人试探着掐出了一串指痕。
它们听过太多排队的人所列举的
为人父母、为人子女的辛苦，难免
也会厌倦地望向别处：
窗外那片可疑的白色荒漠，
无法兑换成故乡的雪。当它们
第一次覆上异乡的陌生植物，
就裹上了一层坚硬的壳。

2016 年 2 月　苏州

情人节

你从寒潮的末尾走来。
在我们互相确认之际，雾气枯萎，
杨树正一张张丢失它的面孔。
你异于路上那些收紧内心的行人，
并坚定地走来，采摘我体内
摇晃的花朵和虫鸣。今夜你我不必
在虚无里坠落、相爱，
冰花也爬不上我们的窗户，
爱是一个温暖而腥气的巢。

2016 年 2 月　苏州

钝角公园

——看上去，他们只是
春色中较不明媚的一些风景。

多年后，我坐在钝角公园的一隅，
清晨的微风吹过我的轮椅，
也吹过红叶石楠最嫩的叶片。
那个每天等公交的年轻人
又迟到了。他体内辉煌的瞌睡
是这个春天一个耀眼的部分，
他眼睛里的水纹，微风一吹就皱。

我们从不互相致意，更谈不上
言语的交流。只是每天早上，
他浑身带着年轻的锐角，路过
并消失在我平静的钝角上。

2016 年 3 月　苏州

春日

傍晚。柳树条
从头顶流泻下来
远处的塔吊
静候渐次亮起的路灯们
上钩。更远处
天上有朵淤青的云

我们必须
加快背诵自己的速度了
暮色抱紧那片像尖叫一般锋利的
水杉林，免不了被它
刺出一句淤青的
"哎哟。"

2016 年 3 月　苏州

南瓜遗址

豌豆残茬划破冬天内部，泥浆
流泻的速度，在这鱼塘遗址表面变慢。

它们从秋天环状的荒芜中流出，流过此刻
春种时节的农妇的身旁，流过

去年那场大火中烧焦的南瓜。这被浸湿的
春天的一角，沾满了精神文明的盐粒。

那些极适合咏物的油菜花，明晃晃的
日渐肥胖的河水，也从冬天的内部拱出。

芦苇新芽下的一群蝌蚪，正如失去黏性的
创可贴，眼看就要蜕了皮。

2016 年 3 月　苏州

蠡湖之光

谁也没有真正见过那束光
下午，我们驱车经过这片湖水
和湖畔游客的几声春咳

无非是一成不变的公园：岸边
梳洗过的垂柳正在无数的快门中
失焦。到处都是反光的人

他们竭力搬运着异乡的春色
填补自己匮乏山水的一生，一到假日
就随着湖光颤抖不已

2016 年 3 月　无锡

并不为他带来鲜花

"二十年前，
笔直的宽马路还没有这么多。"

二十年后，
想在这城市的肺叶上呼吸是困难的。
越来越多的盒子屹立在盒子之间，
挤压着他失败的掉毛的方言。

繁荣而无用的城市绿地，
并不为他带来鲜花。

可他无法拒绝那诚挚的坚硬的歉意，
他下定决心要把收集的每一百种噪音，
兑换成一个回到过去的站名。

他不缺乏廉价而泛滥的共鸣，
一边总结"大多数闪电都在夜间炸开"，
一边从网上又下载了一批新朋友。

2016 年 5 月　苏州

雨

雨停在沪松公路的小渡船桥上，
并让这些树木的身份平等起来。

2016 年 5 月　上海

歌

连日来，我们一半的时间
都走在桥上。夜晚的钟声
还没能把我们从二十年前的宿醉中
砸醒，蘑菇伞便一一冒了出来。

雨开始挖洞：它们在桥面
求证自己的位置。这是我们唯一能够
浪费自己的机会了：唱用力的歌
吃对方粗糙的话——
人类史上最无益的一次争吵。

而后天边长出一茬新的星星。
时间是怎样一晃而过的？
我们不能确知，但也不重要了。

雨停了，我们一半的烦恼
都泡在这片被雾气熏脏的月色里。

2016 年 5 月　上海

别章台

四月在呼吸，风沙的嚣张一如往年
巡礼。温室大棚捂紧了北方裸露的河床
到处是被撕碎的风，我们在向北的途中，目睹
在上一个冬天中山河尽失的祖国。

章台镇，章台镇！那日渐干瘪的身份
仅剩枯水之河一成的水量，但很快就会被用光了。
我们猜得到，有多少张貌合神离的脸在试图跋涉，
为此，他们日夜洗涤自己的名字。

雨后的日光疯长，树木葱茏就要超过屋顶。
我也要辞别那瞭望台的记忆，以离弦之速收割
异乡草木的根系。但言辞间明显圆润的尾音，
刺不破群山重重叠叠的戒备之心。

芜草为食的无名之河，已经无限接近于虚无。
它们会在何时醒来，重新搅动
这人造的山丘与群壑？一双捂着河床多年的手
总该松开了。

2016 年 5 月　北京

钝角阳台

突然间，众多的词语被吞噬了，
你所能摸到的生活开始变窄。但
多看几次，鸽子仍是会发光的，
尤其是在暮春的雨后，最后一层阴翳
散尽的时候。这些年，你把生活的危机
都堆放在那不宽阔的阳台，并快速
耗光它滑腻的墙漆，耗光自己。此刻
时辰尚早。你必须留着力气——
去抖落洗衣机里待晾的床单上疲惫的褶皱；
去剥开被日光拧紧的铁栏杆的影子。
哦，时光！它们如此快速地挪动，
像人类挪动自己的肺腑。这条褪色的床单
像不像你们日渐锈蚀的新婚之夜？
那时的惊雷，被它生生地叠进宽阔的夜晚，
而年轻的鼾声，尚不足以摊放于你们
新置的餐桌，似乎没有生活的烦恼
需要你每日铺匀在床上。一天中最后的光束
熄灭了，你起身去开被敲响的门。

2016 年 5 月　北京

钝角天桥

一

有时她觉得生活并非完全可信
对面屋顶鸽笼消失的那日
正是路边栾树花果交加的时期
陌生瓶口溢出的云朵并无减速迹象

突如其来的暴雨之后，金叶女贞蘸满
世上 99% 的亮色：刺眼的笔误
就这样，她每日拿着生活的样品
路过天桥边乞讨路费的母女

二

在河流分叉的灰色流域，路灯
与阴影分摊着城市生活的喉舌
违规建设的木槿、Angle 美甲、鸽翅
被一一修剪，但仍会重新拱出

正如我们所忽视的 LED 灯箱上滚动的
社会主义核心价值观，仍毫无疑问地
塑造着我们。姐姐开着金杯，独自
开过了宽而钝的柳州路隧道

2016 年 6 月　北京

过衡水湖

长途火车的鸣笛声远去了。
拂晓时分，在衡水湖表面的

薄雾里，我们揉开
胃壁上皱紧的年轮。

水鸟衔起已丧失本义的线条
在作息时间表的横线上

翻飞。我们未料到过去的
六年内，社会主义民主向岸边的推进

竟是如此迅速。一颗
溏心儿的红太阳就要骄傲地升起

2016 年 7 月　邢台

堤
——为邢台大贤村洪灾

有时，我们夜坐听风。
暴雨来的前夜，我们四处分泌的
海风和鼾声，无孔不入地涌入此刻：

它们渗进堤墙愧疚的内心，
和我每日未完成的 Word 草稿中；
它们结成球，快速而危险地滚入
坡底。

黑色的飞鸟
无孔不入地涌入今夜，它们
啄食着干瘪的夜晚、喊声
和村口高悬的喇叭（那象征主义的哨子）。

雨停歇了，槐米粒粒分明地落在
异乡稀薄的小路上，有时
我们的路更薄。

2016 年 8 月　北京

出柜难题

他的手臂划过我的胸前了，
并复制着窗外的白云，他说。

而我的母亲无法忍受
来自邻人的瞻仰。

2016 年 8 月　北京

枯萎日记

槐米，榆钱，灰灰菜都枯萎了，
入秋后，她将过期的可食用理论掏出篮筐，
也犹豫着掏出一只翻盖手机。
那张紧贴屏幕的脸迅速枯萎了——
又是一个继续画圆的过程。
黄昏时刻的乡郊，群树半腰居雾
若带然，而钟摆时刻将她拽回卷帘门的缝隙。

在火车西站的路口堵车、看云，
她注意到政治学院门口未被注册的喇叭花，
它们次第凋谢地提醒着她：
要遵循一切足够平坦的规则，
要当心一切过于平坦的暗处。
出租屋外的围墙上插上了鲜艳的红旗，
她用掌声拍亮楼道里疲惫的声控灯。

2016 年 10 月　北京

落日报告

泥泞的冬雾
自现代性密林深处
溢来。观测过
春夏之交落叶树木的惭愧，
也饮下初秋河面上
淡蓝色的波纹，
我每日从献血车的头部
步入城市的尾端。

那车身上
沾满的颤音不可抚平，
不如就听它
用诗句拦住日落。
我无法面对群树
在寒风中隆重而严肃的面目，
广场上的旗杆就要刺破
圆月的皮。

2017 年 2 月　北京

冬雾

植物死于泥泞的冬雾中，
而落叶生脆、易燃，堆积在
阳台上成摞的花盆一隅。
去年夏天，我们购置了
一些花卉沃土，晚茬太阳花
始终未成气候。罐装啤酒的水汽，
而今已经移上了我们的窗户，
它们能否记得五月的一天，
我们夜坐听风，急促的阵雨
打在楼下的石棉瓦上。
我们曾在夜里喝过酒吗？那晚的雨
可能也没有下吧。

2017 年 2 月　北京

4.

山河史
2017

斗室诗

一阵陡峭的脆响，
折断了房间内
连绵数日的噪音。

我日复一日地
修改他人的声音，
删掉文档中多余的半个），
与生命中未曾谋面的人
保持联系。

此刻是速记谢先生，
他躺在我的手机屏幕上
震动。

当我滑动
调暗的手机屏幕，
像动点 P
从真理滑向
谬误。

门开了，有人已经

从那条荧光绿的 exit 通道

出去了吗?

2017 年 2 月　北京

在佩斯画廊

白色的波浪涌来，我们站在北海之畔
搭建自己的内心。相似的树枝

钻进历史门窗，我们也曾坐卧在黑色沙发上，
受困于相似的盒子中，我们的墙上

也有面椭圆的镜子，恰如此刻面对的
佩斯画廊的白色展墙，反射着

手电筒投出的黏滞的黄光——
那些我们无法阻止的喧哗需求。

也有人画狗，极像我们在公园的墙外
才会遇到的恶犬。它们吵醒了

一张张平静如水的面孔上
沉睡的编年史。我们躲回盒子之中

剪切、重构着历史的抠图，每个人都在
修正自己的创痛。

2017 年 2 月　北京

会客厅

正月初二，会客厅
瓜子的外壳满地，而宾客们
内心充盈。他们气概豪壮地
讲述起自己的青年史，无非是
在树行子里结伴偷桃偷杏的往事，
和入伍、成家之前的相亲对象。
那些行子如今都已不在了，
暗绿色的旧水壶也从墙上的钉眼儿中
脱落。但他们谈话时的神情
与后来在建筑物表面抹墙时不同，
像所有英雄片末尾，一片
辽阔而凄凉的日常之地——
干脆利落的片刻沉默。
一根利群就在这话题的裂缝中
弹灭，圆桌上的孤山与藕
正迅速铺就下一个尖峰时刻。

2017 年 2 月　北京

雾中风景

从新式建筑顶层的环状厅室放目，闪光灯
正成为这城市天际线的一部分。日新月异的群光

尚未抵达旧式宫殿门口的动物保护主义者的壁龛。
那焦躁的交谈声，已使少数人回想起两个小时前

雨后出租车拥堵的队伍。那时
在低处，仰望道旁群厦婀娜的腰部 *

雾中风景炫目，恰如一张电路图中串联的灯泡。即便
在暗中，你也只能通过指定的渠道发光。

* 化自述川《松陵镇即事》，"松陵镇的腰部并不婀娜"。

2017 年 3 月　台北

歌乐山

汽车行驶在众多条状山脉其中的一条，
而入口尚不可知。在盘山公路上，
那些掉漆的指示牌将我们引入歌乐山的内部，
也引入另一场歧途。此刻的山正以山的身份
散发旧时的云雾，植物苍翠、渺然但并不诱人深入。

零星的行人踏过山间一百级石阶，
而无人去数。正如我们口中深爱的事物，
不过是它们象征性的样子。雨水
沿着下山索道的缝隙打湿定位失败的手机地图，
绿藓一遍遍爬上那些荒芜的阶面。

迷途知返否？去仙女湖还是渣滓洞？
我们估算松动地砖下积水的概率。

2017 年 4 月　重庆

绕城高速

四月的日程将我们带上
例行公事的绕城高速。近处的风景
在后退，不远处是一个舒缓的斜坡，
凛冽的脊背上覆盖着绿色围布。
在背风之地，少有草木
挤入春天的缝隙。几株郊野桃花
盛开在那片荒芜的低速区内，
盛开在诗人们遥远的观点中：
它们过于单薄而毫无隐喻。
十里开外的景区则有着无限延长的
花期。线形目击者
小心地区分着身旁划过的
榆树的绿和柳树的绿。那些
即将抽芽的树木的嫩枝
也是一种绿吗？也许是鹅黄。
树梢鸟巢的分布图正被重新遮蔽。

2017 年 4 月　北京

清明节

公交车新招募了一批乘务管理员，
他们拿着新本子记录车内久咳的陈旧肺片。

就像我们乘车去黑桥、去草场地时
也会默算着每一单位的雨水打湿多少行人的断魂。

晴天的时候，就去数那些尚未学会垂枝的
柳树。不可忽视它们待放的柔黄花序——

就像不可忽视我们之间蓄起的
修辞与胡须。过于茂盛的交谈遮蔽了

你我身后堆积的波普主义不锈钢管，它们根根
提示着：今日的所有不明朗如同往日。

2017 年 4 月　北京

北方公园

绿化带内的植物抖落身上的毛絮，
北方公园的杨树才缓缓驶入新的纪年。

快速路交叉形成的三角绿地，
测量着路人低头走路与抬头走路的比例

和拥堵的车辆牌号上数字的排列规律。
河南的车，内蒙古的车，它们在此驻留片刻

又随即离去。它们何尝没有见证着
这城市绿地的迁徙史？异乡运来的成吨阴影

填不满北方公园水土不服的胃。
去面粉厂的途中，我又陆续听他讲起

一个个陌生而亲近的春天。石榴树和黑枣树
以同样的姿态抵抗着日渐退化的内心。

2017 年 4 月　北京

山河史

一

是否到了例行沟通的时刻？
这些年我积累着山脉与河流的经验，
按行检查森林公园中的植物图鉴，
就像校对朋友圈、公章签名中
湍急的错别字。我的所得
来自北方春天里精致的焚风效应。
早些年，我尚不能陈述榆柳、
桃李出身相似的嫁接，悬铃木、
椿树遮蔽着正午的阳光，与大厦幕墙
反射的光。一栋栋水泥装置
在春风里通身摇晃。

二

你留心过北京城里每个街道、
每座天桥上的巨型标语吗？它们
一条条推送至这城市的胸廓，
推送至你我。高耸的墙头之下
山河知识积累得还不足够多。
有的是株距合理的景观路灯，
有的是被赋予过多意义的池水。
你跟人争论过一塘池水的意义吗？

在十字路口，在邻里中心。
你不必惊讶于那些涵洞的戒严史，
不必只爱事物的本质。

三

糟糕啦！世界上的洞穴
已非我们的容身之所。戒备之绿
解除的首日，北京城更热了。
我在坐公交途中，不听音乐
也不看书，观察窗外行人与事物
跟昨天的变化。月季花围成的
墙边，戴红袖子的人监视着
戴蓝袖子的人。我也与他们一样
提心吊胆地戴着，一样热衷于构想
而不愿与人为伍。我们最终放弃了
真理中被遮蔽的那部分。

2017 年 5 月　北京

桑葚

大街上，内衣店连着寿衣店。
一棵成年桑树挂满桑葚，探出墙外。

桑葚通身颜色发深、味道甜美，
因为树身过高而陆续坠落，

在城市缝隙中显得可口而毫无用处。
可桑树长得高高大大，兀自开花、

结果，又有什么浪费可言呢？
嫁接术出现之前，从种子到这么大

至少要十年吧，也无非是
抗拒完风雨再抗拒雷电。

一些旁枝在去年寒冬中冻伤，
并不准备去刺痛谁。

2017 年 5 月　北京

地黄

此时观测群山尚不算迟。
傍晚的硝烟凝滞于群山腰身上的
人造盆景。低水位的大坝仍时刻在淌水，

它并不打算汇入水坝外的十里河道。
晚归的槐花摇晃，柳絮打旋，
婴儿车停在大众车旁。

剖开人形玩偶的内芯。此时灌溉山水
为时尚早。蕨类植物的嫩叶预示了
游客们泥泞的封山体验。

沿途的地黄花色更深，根部的泥沙
比平原更高。忽而暮色嶙峋，
我们吸食向斜废墟处微甜的花蜜。

2017 年 6 月　北京

荷塘的知识

周末下午，我们坐在北航校园
湖边的座椅上，为身旁拍摄视频的男女
配平。湖面阴影并不宽阔，

正与划分野鸭的密度线相恰。
老年健身班的男女衣着花花绿绿，
在教练的指引下吞吐着池中水的

知识论。他们是百米之内
最不擅长自拍的群体，并又与我一样
对面前的塘蒲一无所知。

为何荷花的香甜仍可见于莲藕，
而多数植物的花香却易于碾碎？
为何蚊虫喜爱成群，而鸳鸯

则多成双对？为何路口的山仍是山，
而桥是 bridge？野鸭与傍晚
在荷塘中迅速老去。

2017 年 6 月　北京

受访者姿态

像走之旁，我们行走在
水的边缘。水纹推送着对岸的灯光，
反复鞭挞夜里的行人。多少年的城市传说
兴起和陨落着，也不足为怪。

夜晚的云层明灭，一阵腥风
来自湖，也来自海。我们小心谈论
如何避免观看受访者芸芸口吻，
不如观照北京城里成都小吃的消亡史。

我们料到脚下这片水域
所掺的水太多了——
我知道那腹稿中的裂隙，也必存在于
杏落之后的荒凉夏天。我知道今夜之前

我将内心置于过分远离湖面的一侧，
但明早仍会如此。我手中的优盘空空，
仅有 m4a 与 zip 文件。想及此，
我不再写赠诗给人了。

2017 年 8 月　北京

朋友圈

我朋友圈有 607 个联系人，
性别比例保持着惊人的平衡。

他们收纳于角落里
灰色箭头和列表下，扫描他人，
同时被他人扫描。

在云端，在事实和片面的事实之间
挪运足下风景，陈述落霞、孤鹜
与条理清晰的讨厌事项。

整个周末下午，
我与驳岸上游弋的文字
周旋，偶尔
也会成为未知朋友圈分组的
漏网之鱼。

2017 年 8 月　北京

游园不值

你尚未学会使用导航地图
及阅读游客中心的帮助指南，
便乘一座长桥来到小岛。

它的位置佳、名字好听，
热门景点处往往排着长队。
但岛上绿荫没有引人入胜的形状，
殿阁也不如远观时划算。

你有时要去湖面玩水，随游船
靠近它而不驶入它的中心。
岸边墙壁上树影招摇，树影下
舞步熟稔、风骚，难以惹人感怀。

我们骑车去广场，一个上午
积攒的票根，比你的暑假生活薄。
下午在动物园，临时饲养员
萦绕着，植物的额头挂着标签。

你站在笔直的河边，层层闪烁的

夕阳难以将你的悒郁镀亮。*

* 化自陈超《秋日郊外散步》："夕阳闪烁的金点将我的悒郁镀亮。"

2017 年 9 月　北京

高碑店的槐树

槐米的采摘期已过，
高碑店的槐树赘满 C 选项。
到秋天，被审查过的树梢
多于未被审查的。

寒蝉重新树起戒备之心，
并对朋友口中的城市传说
将信将疑。它们飞离
山水中宏观叙事的部分。

在咫尺之外，大街上
架起流血的桥——彩虹的血。
桥上的金属绳索紧扣
城市里季节性演变的流言。

而通惠河永远是
另一番景象，河水倒映着
树影，将滨岸的革命小路
引向改版后的网址。

2017 年 9 月　北京

金鱼池塘

深邃而平坦，
喜阴植物的种子落在这片幽静的
金鱼池塘。

误入它，杨树与木槿
为这座巨型盆景分层、设色。
假山石不语，
静如无人时分的猫。

细观它，杨树是杨树
木槿是木槿，没有别的意思。
在高处并不能使你的脊背更舒服，
为底部抹足润滑油。

离开的路径是同一条。

骑摩托车的小姑娘
在路口的转盘飞驰而过，
要当心了。

2017 年 9 月　北京

通感症

幼年的劳作，
使他的面貌开始变钝。
与邻人爱上相似的事物，
作相似的感慨。

不妨碍，青年人
花样多，不缺乏画瓢的本领。
偶有探雾者二三，
似善溺的泳者，复止。

深处庐山，
就松柏繁茂，文胜于质。
如何练习切割它
多余的阐释？

如何指摘
雕刻家的执刀习惯，
利刃向内？

2017 年 9 月　北京

5.

匀速下滑
2018

望望柿子

下午的钝光淡化着临街窗口
判断不完的语句、命题，嘻嘻，
整个晚年你都在织一条围巾。

树梢的几斤秋色分批降落，
枝头红柿鲜艳透明，无端招摇。

整个晚年你都在往炉膛儿里添煤，
研究围巾平针织法、鱼缸摆放位置风水学、
耗散结构理论云云。嘻嘻，我说这些

不过是想和你去望望柿子，
坐公交车去。末班深秋正急速从树梢驶离，
花朵推导出果实。

2017—2018 年　北京

鱼缸摆放位置风水学

房间里的陈设一夜之间换过了。
那只猫端坐在白色书架的顶端，
心安理得而又无所适从。
它的所得来自深入事物内部的决心，
敲开那扇门 *，嘻嘻，它的目光

与我的交汇而又独立于我。
我们限于交谈的表面交谈，从墙壁
到床脚，从沙发垫到鞋垫……
我惊讶于生活中那些干枯的裂缝，
而它不过是最新的、较窄的一条。

床头的位置移动过了。我坐在床边
看阳台外的光，瑞士公寓、亚洲酒店，
它们往常也这样发光吗？嘻嘻，
某日夜晚，我在散步的途中发现
马路对面的广场上，又开始抖擞起

三十年前的春风。路过东直门桥，
小贩兜售着从旧日解冻的金鱼。

有一瞬，我鼓足了填补那裂缝的勇气
但转念放弃了，我飞奔回房间
坐在床头，看远处大厦的点点亮光。

* 化自北岛《中秋节》："那不速之客敲我的门，带着深入事物内部的决心。"

2018 年 4 月　北京

围巾平针织法

那个火炉确实存在过吗？
你常常围坐着织围巾的那个。
炉内的火苗和毛针，时松时紧
抖动这个夜晚。

你在织一条什么样的围巾？
是否和我往院子里的木桩上
练习打绳结一样必要？
松散的疙瘩，分布在

我们每日凝视彼此的视线上。
是否需要添加一些溢美之词？
嘻嘻，我说不出那种疏离的情话，
尤其是此刻，作为一个无知者。

2018 年 4 月　北京

河上

——我们在城市里面找错，
想象中已找到了几百万处。*

像开场白，冰封的河面
安静、隐秘而隔开城市两岸。
县界的阈值在此处变得宽阔，几近
一整条拦水坝日夜拉伸的长度。

几日前一场落雪，我终于可以
从荒凉的白色河面上飞驰而过。
河上纹路无序地延展至京广线桥，
作为景观的一部分因人而美，

另一部分则不。去往河心岛的
路径不明，偶有本地车辆沿河驶往
滨岸的生态园区广场。嘻嘻，
我们则停下来拍照、找错、看水坝。

野鸭游过桥下尚未缄口的阴影，
远处的水推着近处的水，陷入沉睡。
我知道你体内也流水潺潺，我没敢坦白
我在水面的倒影中看见一张自画像，

一件迅速掉扣的旧衬衫。

*化自五条人《城市找猪》："我们在城市里面找猪，想象中已找到了几百万只。"

2018 年 1 月　北京

岸上

儿时的恐吓使我面对冰面时
如临深渊，无法预估它真实的厚度，
向阳处的冰面尤甚。

一条裂缝，含混不清地吸引我
亲近它，而又务必远离它。

夏天，在城市滩涂上，有人撒网。
我立在船舷，进入一片陌生水域的腹部
仍如同立在岸边。

我想进入的那片池塘早已干涸，
在此之前，我一次都没进入过。

2018 年 3 月　北京

江上

想象之中的废黄河
也不比眼前这条更荒废。

明月映照着，铁皮船
横亘在空无一人的码头：
取之无尽的景象其中的一帧。

纵横的水道分割善徙之人
手机地图的搜索记录——
在异乡的片刻，我仔细翻越
哪怕再细小的河流。

那里的立交桥更密，时刻起伏，
那里的路是匝道，也是桥。

回家夜中的轻轨也从一座桥上
飞驰而过。在下方，油轮

快要淹没在冷淡的江中。

2018 年 2 月　林柴场

匀速下滑

去湖底途中，
你骑的旧摩托几次熄火。
乍晴的天气，蒸煮着
路边连片的暮年荷塘。

我从与你对话里
打探它儿时的跋涉，
推土机如何在泥中作业，
姑娘们如何在岸边割草。

啊，岸边！
久未更新的岸边
承受着多年湖水涨歇。
几条小船，缆绳疏松，

在新树的拴柱上
匀速下滑。
我听见身后
摩托车呜呜地着了。

2018 年 2 月　林柴场

雾锁清河城

小城论坛
传出新火车站的选址消息，
旧线上的站台
笼罩在冬天的迷雾之中。

检票口的出口窄小，
有人拿着重行李
催促着，将我推了一把。

路口的红灯变得更红。

2018 年 4 月　邢台

四月，流水

四月，杨柳絮
和置顶的聊天记录
是往常的三倍。
机场辅路上，温榆河
静若窄瘦的碧潭，
柳树也长成了槐树的样子。

无数次，我在途中
路过树林边缘垂坐的人，
红日轮廓模糊，分不出日升日落。
无数次，这样的拂晓或黄昏，
给一半的山川挂上雨痕。
除了咏物我们别无他法。*

四月，我的湖水
再装不下更多的倒影。
在城市潺潺的广场上
误入藕花深处，流水，流水……
有人开始在水泥的沟壑中
沉迷垂钓。

为了远离沟壑，我们

不假思索地评判跳野舞的人，
同情背弃知识的人，
与厅室里的音符、丙烯长谈。
嘻嘻，我更想去熨平
袖子上反复撸起的褶皱。

* 化自陈翔《星空》："除了深入我们别无选择。"

2018 年 5 月　北京

夏天

夏天，我们听蚊子的雷声，
也听电蚊拍在暗中噼啪作响。

2018 年 6 月　北京

阴天

儿时小路上那场暴雨，
在二环线不疾不徐地重临。

飞舞的蜻蜓猛然回头。

2018 年 7 月　北京

荒山之夜

月色在流逝。

门外的猫叫声已更迭了几代，
二十年前自杀的后街女人又从箱底抽出，
一套新购置的寿衣置于其上。

无数个近乎荒废的夜晚，闪现了
其中的一个，我们准备下一个冬天的燃料，
也学它们一样按需死亡。

无数张近乎消失的脸，闪现了
其中的一张，那脸上清晰的痘痕
也和我们一样向死而生吗？

温度在褪去，日日夜夜。
一只瓮，敞开着口，干涸多年，
你站在院中，也做好了打算。

业精于勤，而又荒于勤。
后来我们也曾到中流击水，再也没有
激起更大的浪花。

2018 年 9 月　北京

推土机

开始是极细的一条。在下游，
絮状的石头朗诵湖泊的风化史。

在高高的山上，围墙外
戈壁中细沙分分合合，看外地游客
为深水辩护。

空空如也的旷地上，推土机
每日徒劳地挖掘、挪运此地的风景，
徒劳地推土，像你我
每日完成固定的社交任务。

这是七月，紫薇花开放的时节，
它们开呀开。牲畜的烙印
给那些零星散布的树木画出重点。

犹豫中，我们又向深处
推进了几百米。

2018 年 12 月　北京

中秋节

我曾体会过你此刻的痛苦，
翻江倒海的现实往一扇幽暗的门内

倒灌。坦荡无际的平原上，
暗绿色穿行在几种较为明亮的绿色之间。

此时中秋节将至，回乡的路途
该如何抑制你胃中心中的倾吐欲？

行之有效的方法是：吃一个酸度适中的
话梅，无核话梅，含着也行。

或者望望窗外，平原，平原，平原……
其间漾着舶来的酸。即将入夜的停靠站，

强光遮蔽着暗光。唯有四下山川如故，
月亮地中的麻雀仍是四害。

我记得那时口中的话梅核儿都大，
水果、月饼都是堂堂正正的甜。

2018 年 12 月　北京

智尚酒店
——蝎王府别大脸

今天的北京，冷风
比羊脊骨钻入衣领更深一分。
我原打算向你讲讲
中午时分我坐车路过的智尚酒店。

五年前我坐相似的透明电梯，
看城市芸芸之景日升夜落。
旋转门忙似陀螺。三点钟会议中心的人
像刚从澡堂里出来一样湿润。

这令手上烟头颤动的人艳羡不已。
对了，你曾在北方的澡堂洗过澡吗？
在冬天，我们也会活似一个个
行走的酣畅淋漓的瓶身。

我本来还想讲讲离开智尚酒店
二十分钟后，在河边看到的柳树枝条。
可是你明天一大早就要离开这儿，
去上海。

2018 年 12 月　北京

6.

己亥杂诗
2019

落日

太大了，这座城市
不得不容纳了几条河流。

或者是河流容纳了
这城市。夏季黄昏时分，
有人游泳，也有人跳水。

广告牌时刻鞭策它
"每天不一样"，而落日
每五分钟都有不同。

它没有抗争什么，
只是重复。

2019 年　武汉

一个广场

在金鱼胡同，穿工装的
中年人正急于收集下午的光芒
绑在道旁树木的主要枝干上，
以便赶在节日前，让路人
看它们沿着电路一次次地落下。

我碰到过迎面而来的人
感叹夜晚的熠熠光辉，那是
在一个广场，展望 * 的不锈钢雕塑
松松垮垮地立在一片黑暗里
不得不停止反光。

不像在白日，周围聚集了
两侧居民楼中大部分人的乡愁。
这是广场，水泥缝隙里
需要竖起一道可以咏怀的篱笆吗？

我未看到那些树梢被剪断，而街道
已经暗成了没有节日的程度。
对不起，我不能轻易地

爱上那些来路不明的光，我不能。

* 展望，雕塑艺术家，1962 年出生于北京。

2019 年　北京

雪落在

突然的雪落了下来。高速公路
两侧的村庄里，积雪的程度大过了
先前几次食言的预报。

雪落在服务区停车场，落在
千佛岩一般的大厦 *，我们窗外的
白色遮蔽了树木满身的疮痍，
和一道道斜墙上新刷的标语。

在行进中，车子不停地路过
京杭运河、苏北灌溉总渠、
淮河入海水道，又一次京杭运河……

我知道那些疮痍被遮蔽的村庄，
小恩小惠已磨钝了它们战斗的意志。
有人在门前扫出一条微弱的小路，
他们左右开弓地扫。

* 化自朱湘《雨》："雨落上车顶，落上千佛岩一般的大厦。"

2019 年　林柴场

去佩斯

有时候，我感到
我是一堆尚未更新的
个人资料。午睡醒来，
暮霭沉沉楚天阔。

在高处，白色的窗
明亮舒旷，像没有窗外一样。
我们必要先言他物
才能引出所咏之物。

词语挤起来了。
在车厢，在墙面，在公交车站。
我分不清有些往事
是今年初发生的，

还是去年、前年。
在展厅最后
大型装置前，男孩颇为得意地讲起
尹秀珍 * 的生涯轶事。

我抓紧手机——
正是此刻，我感到

我是一堆尚未更新的

个人资料。

* 尹秀珍，中国当代艺术家，1963 年出生于北京。

2019 年 1 月　北京

积雨云

城市里拥有电动车的
异性恋男女，从非机动车道彼端
向我迎面骑来。

三十岁那年，积雨云无限接近山头
和地面缝合起来。它们是一朵
又好像是好几朵。

2019 年　北京

在孔林

旧世界碎得太彻底，
尚未厚到抵抗朝令夕改的石板
浑身都是接合的痕迹。
刨开的土丘重新愈合了，
游魂已经荡然无存。一些碎偏旁
散布在新时代的杂草中。

林中树木多为栎树、侧柏，
新添的坟茔弥补着绿荫间的空虚，
难以承受游人满腔凭吊之情。
电瓶车仅在几处圆头的碑前
稍作停留，耳机里熟练地传出
二龙戏珠图案的解说。

我们嗖嗖地路过回程的杂草。
"它们是二月兰，花期就快过去了。"
同行的导游说。

2019 年 5 月　曲阜

黄河下

要翻过一个坡才能到达河边，
下午的岸上已经聚集了可观的人群。

他们像是整天来，纳凉、垂钓、
在岸边挖沙土，看远处泺口黄河铁路桥
和水面上联排的铁筏。

摩托车、公交车哐哐地驶过河去，
紧贴着河面。它们像是一直要向前走，
直到看上去没有了路。

路过我的男子指着岸边说，1998 年
水位淹过了我坐下来乘凉的柳树。

2019 年 5 月　济南

一个圆点

外面的雷声是真的，
尽管这阵子已经不劈了。
四点三十五分，有鸟开始鸣叫，
月亮挂在天上。

月亮又大又圆，难以
用像素如实描述。像夕阳，
拙劣的记录令它看上去不过是
薄暮里一个小小的圆点。

2019 年 5 月　北京

青年艺术家

总有被误伤的人。
有些谎言已不可揭穿。

它的余波仍荡漾在数十年
甚至更久之后。缄口不言的
唯物主义叔叔织造好看、宜居的笼子，
我们也织啊织。

那个青年艺术家不织了，
他喊了出来：以沉默著称却也那样做了。*
在他的面前我感到坐立不安，
他口中的真相有时候离我们几千公里，
有时仅有数百米。

一副肉骨铮铮，削弱了他
那些微小抗争的可信度。他选择下水
给被磨圆的石头补上了一个个棱角。

这是两年前他谈起的诸多往事中
令我记得最为深刻的一件。

* 化自 R.S. 托马斯《退让》："不为那双手，以善著称却也那样做了。"

2019 年 5 月　北京

东湖骑行指南

我一般会沿着东湖逆时针骑行，
多半在晚上，那些年有很多事不遂心的日子。
没有共享单车，也没有东湖绿道，
我一般会从枫园的小路骑到扬波门。
眼前即是远处，先是磨山、梅园、康复医院，
再沿着湖中窄窄的通道，行至九女墩、梨园。
在整个途中，几乎没有别的路，
只有载重 5t 的标志不断在桥头闪现，
除此之外，别无其他。
到省博物馆附近时，我开始担心，
熟悉之地的陡坡让人更容易迷路。
我一般会慢下来，把当天的烦恼抛到这里，
它承载了那些年所有不遂心的片段。
此后，我去过很多地方的博物馆，
越来越不敢审视历史往事中的细节。
爬上天鹅路的十七孔桥，
很快便到了东湖南路、水生所，
这往往是我一天中筋疲力尽的时刻。

2019 年 7 月　北京

原野上的一棵树

原野上的一棵树
长到了它想长的样子
就开花结果不再生长

收割后的葵花田
长出第二茬小葵花
倦鸟在暮色里飞回一片人工林

2019 年 7 月　邢台

中年男人

中兴东大街从哪儿开始
成了 325 省道？是我极少启齿的疑问。

我常看到路边的中年男人
踩着镇上爆款平衡车，
腰间的脂肪黝黑、幸福而不作修饰。

他身后有一片防护林，新修的
货运铁路刚好架在了树头的高度，
令人感到一种繁衍的欲望。

那是一个午后，低矮楼房的玻璃帷幕
映射着白云，有时候也成了云。

2019 年 7 月　邢台

一个夜晚

山雨经过了数次修改，
备降在城市深林中歉收的夜晚。
外头风向转变无常，
台灯罩上的遮光布呼呼摆动，
如烛火明灭，摇晃不已。

和风细雨没有了。
山石草木摆好抵抗冲击的姿态，
伶仃洋上漂浮着一座新完工的大桥。
气象部门预警：一场在陆地边缘蔓延的
无病呻吟的热带气旋。

我终于犹豫地松开，
手中紧握的民主集中制遥控器。
此时正有怀疑论者在台风天疾步行过，
他们呼喊："夜晚的可贵之处，
在于再没有夜晚可以来临。"

可狂飙仍未停止。
意兴阑珊的临街店铺和停机坪旁，
红色的牌子一遍遍誊写着自己的初心。

刺耳，如隔壁包厢传来的
一阵家国情怀。

2019 年 8 月　北京

阳台上

落日报告
己亥杂诗 2019

弧形阳台正对着新义州。
从此处望去，它们已经按时沉睡。
黑暗中仅有数点灯火无声摇晃，
消耗今日计划的用电份额。

夜晚尚未深刻，而鸭绿江
窄得只剩下一条人工界线的含义。
盘中盛着果脯、烤饼干，
蘸上了对岸吹来的潮湿的江风。

江水的盈亏，从岸边向城市内部
推进着。我们像是无须互相致意：
言笑晏晏的时刻，探照灯闪过来一束光，
随后又暗了下去。

一座座临江矗立的高楼，
有分歧而从不呼吁无用的共识。
它们用意分明地指向了什么，
同时又错过了什么。

2019 年 9 月　丹东

彩色屋顶

到达山顶时，是一个晴天的上午。
彩色的屋顶上仍有昨夜暴雨的积水，
但并不妨碍伸向远处港口的暗门开合。

当地年轻人多信基督，不必记挂过多
繁文缛节的禁忌，更适合拍照发朋友圈。
他们深知我们乐于看到什么。

听闻这城市曾是韩国人最后的堡垒。
但战时的宠辱无须多言了，尤其对于
我们，这些外地来的观光游客。

可有时我感到自己是一个过去的人，
我看见歧途将我们引向的庙宇
大门轻掩，落叶和猫横卧在褪色的屋顶上。

在晴天投射的必然的阴影里，
我看见成片的彩色油漆遮住了他们室内
生活中潮湿发霉的部分。

2019 年 10 月　釜山

一个下午

把牛肉面捞进麻酱里的吃法
如今已经稍显老派了。啤酒沫早就不流行，
在这条斜街尽头的小店里，他们选择
饮料的样式更多、口感更佳。

我无法避免自己陷入这样
通俗的感慨。同学少年相见，写诗的
不写诗了，谈论哲学的也不再谈论了。
我们将唾手可得的条目

应用于面目模糊的生活之中。
到那间晦暗的台球室再谈谈什么是爱吧，
我们一些热衷于虚空的人，坐在那儿
一个下午就这样过去了。

在逐渐引向深入的扫黑除恶专项斗争中，
我坐在应季年轻人中间，把吃完的麻辣烫签子
捋顺。从几经翻新的老地方去火车站时，
滴滴司机错过我两次。

2019 年 11 月　邢台

豹哥哥

一

豹哥哥到底姓什么，
我大概是长大以后才知道。

在比喻起兴的纪年时代，
他将自己代入狼和羊的爱情故事。
像很多个听《求佛》听哭的青年人
容易感怀，容易刻骨铭心。

我也听，坐在电动车的后座上
仿佛听了几千年。当二中操场的
广播音乐响起的时候，
总能勾起我敏感的异乡情怀。

豹哥哥大概是另一个我，
以一己之力决定了我出生前的七年里
炕边墙上的海报风格。

二

融化的雪水
数次加深了树干的颜色。

我第一次坐在
自行车后座的情形
大概算不上美好，
但痛苦如今也不足够深刻。
起初是自行车，
后来是电动车、摩托车。

高速公路
泯灭着我一半的柔肠。
在口腔牙碜的血沫
和胃内涨歇的酸水之间，
我成了一个擅长离别的人。*

　　三
这些年，祖国的
变化不可谓不天翻地覆。
旧校址旁的网吧、台球室
鞍马冷落，标志性的时兴物
无声无息地没落着。

我们错过的事物，连同
它们产生和消失的整个过程
也一起错过了。"横着的是街，
竖着的叫路。"这些从未被颠覆过的经验，
正在其他城市里渐渐失效。

可是我们不常哭，不常以悔恨的泪水
洗刷自己的内心，任由自己徒然地变为
一个舅舅。

四

江水啊它向东流。
道理我们都听过太多了，
谁不知进退？

一个下午，我坐 13 号线
从光熙门到柳芳，就穿入地下。
像从沙湾村到东湖村
或从秋枫街到冬梅街一样……

旧楼们被催促着换上新窗，
窗外石楠的内心却已不再
澎湃。我真羡慕
那些被合理修剪过的树木，
不像我，枝条和果实年年徒长，
分不清主从关系。

五

湖水反馈着岸边
一组三角形立面的新式建筑。

硬化的路面，加速了

人们抵达彼此的路程。而从前
《新闻联播》配着瓜子壳，感觉似乎
远不止半个小时。

往日鸿沟被填平的效率
令人惊讶。到处是 5G 时代的征兆，
我们仍未试图使用电话和微信
进行有效的沟通。

有时，我会后悔一次都没有
看过你，所以来看我吧，沿着那条
没有来路和去路的青银高速。

* 化自李娟《遥远的向日葵地》："是的，我最擅长离别。"

2019 年 12 月　北京

7.

不沾弦

2020—2021

旧春

路旁增多的共享单车
泄露春消息。园区里突然流行的
榆叶梅谢了，运城的店铺
寄来迟开的槐花。

我没有计划如何使用
这么多槐花。我知道裹上面粉的花朵
在锅里蒸熟的吃法叫 na gou,
但翻字典时找不到准确的写法。

一些难以描述的食物
会在微信视频聊天里浮现出来。
间歇的味觉唤起，在时间中散佚的
旧食谱，两面金黄。

如今城里流行更健康的吃法，
在新时代的厨房里把春天炒至断生。
我想起了没有燃尽的木材
在灰烬中噼啪响起的一两声。

2020 年 4 月　北京

前夜

明天一早，
你就要骑电动车载我去地铁站
坐 10 号线。

但今晚还有时间。
我们在院落中的独栋大厦下
绕圈子，不时走到
它投下的巨大的阴影里。
树梢有白天残留的雨水滴下来，
宿雾加重的时刻，
在南方自然无法避免。

我们从未聊过北方生活，
春雨贵如油，油也贵如春雨。
我在无数个日薄西山的下午
去物美超市，途中会想到死亡的事。
在我右侧，积雨云像急于交稿般
涂抹着楼群腰间的
空白文档。

你屡次提醒过我，学别人

雨天雪天都撑一把伞。不是我不想，
而是我做不到。

2019—2020 年　上海

旧雨

我认为重游故地前挑选的日期，
天气和温度很好，我也认为不去推测
明天晴天还是阴天也很好。

过去的我们不会拒绝风雨，
也无法拒绝。徒身走过滴水的林荫道，
积水流淌的路口，躲雨，
看远处细雾中的楼阁，看积雨云
一片一片地越过山头。

我那时急于与人分享窗外的雨声，
现在很少做了。只在想，古人听的雨声
也是这样打在塑料棚罩的声音吗？

近暮时楼阁已经看不清了。
彩房子爬满了低矮的山坡，像粉红的
荷花瓣向内微卷，莲心鹅黄。
山上根根竖起的笋尖
磨钝生锈。

2019—2020 年　北京

摘柿子

一

爷爷摘完柿子，
坐在房檐上看了会儿天。
这件事情过于乡土、写实，
不够新学院派。

尤其当傍晚的风
吹过他蓝条纹的白色头巾的时候。
那晚风整整齐齐，像坟地里
按长幼顺序预留好的位置。

我透过纱窗看到
夕阳积攒了一整天叹息，
不确知四爷爷去世后的这几天，
爷爷在想些什么。

他也会忍不住叹息吗？
忍不住担心院子里柿子树上
每年溃烂的果实，和新生的
遮住抬棺人去路的枝条。

二

这个时刻的西屋
处于白天里最暗的时刻，
度数极低的电灯泡
要在数个小时之后才会亮起。

几个小时前，对面的墙壁
还能反射进来一些微弱的光线，
现在已经荡然无存了。
堂姑来过，借走爷爷的电子秤。

我想起集市上牲口交易的形式感，
有些价格是要把手伸到对方的袖子里
讨论的。这些过时、无用的记忆
至今仍让我印象深刻。

几个小时后，我们
在灯下削柿子，削掉柿子的皮
和一部分自己的皮。你退我进的较量，
像讨价还价般难以丈量。

2020 年 10 月　邢台

年年

重复的新年问候
在电视上播放。遥远地，
他亲自作出了批示。

我需要确认
车辆此刻行进的方向，
是从西往东去的。

不是历史的车辙，
是本田雅阁的轮胎滚滚向前，
碾过了建国门桥。

2020 年 3—6 月　北京

去奉贤的女人

我不太相信地铁口
遇到的那些需要帮助的人，
无非游泳健身、学习英语以及
旅行缺钱。不是被告诫过
太多次城市中相似的骗局，
而是那些缺乏破绽的求助理由让我
感到无法授之以渔。

可是在宜山路地铁站，
一个拎着手提袋的女人
鲁莽而胆怯地截住了我的去路。
她说她要回奉贤，却怎么也找不到
身上的钱，要我从旁边的商店里
扫 10 块钱给她。我不明白
为什么我相信了。

2020 年 11 月　上海

旧雾

一

雾气是从那排榆树林里升起来
入侵街道的。沿着人迹罕至的小路
走过去，微型丛林畔的旧坟
长年未曾更新，不远处的木材加工厂
传来的声音如同静止一样。

大雾没有消散，反而加湿了
置身其中的我的呼吸。我大概还会
再次想起身边的这些物体，在异乡城市
公园偷窥植物图谱时，在簋街小店
玻璃门上泛起朦胧的水汽时。

二

阳台植物需要的尿素、二铵、
磷酸二氢钾，被网络购物主持简化成
花多多 1 号和 2 号。在室内一侧
我眼前是盆中晚生的细弱的草本植物
和吸尘器配件里从未用过的几个吸头。

等浇完花，我点开微信对话框
"伐木累"群里的抖音视频，播放着

架在高处的摄像头捕捉到的正道的光。
我内疚让他们留在雾里和尘埃里。
而我的泥潭似乎并没有更浅。

2020 年 12 月　北京

山顶见闻

从山顶望去，暮色将远处的楼群
化为手机屏幕上密密的像素颗粒。

山峦的起伏，淡化成了画卷中
需要蘸些水才能画出的那几笔。

为什么我们要爬到山顶上，看山、
湖水和行政楼……这些已知的事物？

在别人看来，我们的山那时
是不是也像极了一个较大的坟包？

2021 年 7 月　北京

和郑桥闲坐

生活发生了一些新的变化。
窗外的风景变差了，但并不妨碍
早上的阳光照进来。
小区的低楼遮蔽着道路以东的天际线，
远处大厦蜂巢状的玻璃帷幕，
投来局部的光。

我能看到的只剩下这些。
可是对于两个没有理想的人，
仍可以闲坐在狭小的客厅沙发上，
不需要额外的音乐来渲染谈话。
不表达，也不反驳，
最后徒然地陷入茫然的时刻。

我看到过路边挂满果实的银杏树，
承担着自己应该承担的，
以及多出来的那部分重量；
看到过整个树冠被切下来，而树木不言……
痛苦是相似的，
但我想听听你的表达。

像两个中年人从被馈赠的肚腩

和伤疤中，掏出不再锋利的肺腑。

摊开人生中灰心的时刻，
壮志未酬，连微小的愿望也没有实现多少。
我们无须像那些诗人一样歌颂自己的失败，
我们只是承受它。

2021 年 8 月　北京

不沾弦

我没有真正生活在 7 层，
而是定义中的，编号中的。

每件事情、每篇文章
和每个人的额头上都贴着标签，
像博物馆里的物品陈列。

我在车厢中确认着地图上
地铁 16 号线的绿和 9 号线的绿，
并成为数据湍流中的一小股。

在高速路分岔口，
像书名号一样的白色线条
让人头晕。我不想再前进了。
不开花，也不生产。

我想变成集市结束时
摊位上消耗过的商品包装袋，
抖一抖就可以丢掉了。

2021 年 12 月　北京

后记

　　我离开武汉那天，长江水漫过了汉口江滩的台阶，这座城市正在进入丰水期。武大枫园宿舍楼外的枫杨树，叶片是难以描述的新绿色；凌波门外的东湖，有人在栈桥跳入水中游泳；被整顿得有序而萧条的广八路，在夏天开始变得混乱多彩……我写诗是从武汉开始的，一个个无法避免的、清晰的此刻，如今变成了模糊难辨的故地和往事。

　　这本诗集是严格按照写作时间进行排序的，我将它们划分为"引产术""丰水期""钝角集""山河史""匀速下滑""己亥杂诗"和"不沾弦"七个小辑，记录了我在武汉的最后两年，在苏州的短暂工作和停留，以及在北京将近六年的生活状态。从广八路的啤酒沫到松陵镇的电费单，从东湖边的沙湾村到太湖畔的秋枫街，从沪松公路的小渡船桥，到没有来路和去路的青银高速。我更愿意认为这些诗记录的是自己2014—2021这八年的生活状态，而不是写作状态，尽管我写诗的关注点确实发生了并非出于某种故意的变化。因为这本诗集让我有机会回望这种变化，从对自我的关注到对他者的观察，再到将目光转向笼罩在个体身上的时代的灰。

　　但是在大多数时候，我仍然是一个灵感型的即兴诗人，从未考虑过系统的写作和观念的建构。我没有这方面的野心，很多时候我写的诗简单到只是一个个不同的当下的具体思考。不过它们的气息始终是贯通的，因此我不介意把最早期的作品放在这本诗集的开篇，让它们在时间的线索中自然而然地呈现出这些年来的微妙变化。

这两年写诗的频率变得极低，一是工作和生活的琐事严重挤压了写诗的时间，一是我总觉得所有想写的都已经写过了，不再有非写不可的强烈感。作为一个阶段的总结，我喜欢"落日报告"这个不带感情色彩的名字。

张朝贝

2023 年 8 月 21 日